Gilles Côtes

OGM et
« chant » de maïs

Éditior

D1341075

Gouvernement du Québec

Programme de crédit d'impôt pour l'édition de livres

Gestion SODEC

Le Conseil des Arts | The Canada Council
du Canada | for the Arts

Nous remercions le Conseil des Arts du Canada de l'aide accordée à notre programme de publication.

Nous reconnaissons l'aide financière du gouvernement du Canada par l'entremise du Programme d'aide au développement de l'industrie de l'édition (PADIÉ) pour nos activités d'édition.

Gilles Côtes

OGM et
« chant » de maïs

Illustration Jean-Guy Bégin

Collection Dès 9 ans, no 42

Éditions de la Paix

pour la beauté des mots et des différences

Dépôt légal 4ᵉ trimestre 2004
Bibliothèque nationale du Québec
Bibliothèque nationale du Canada

Imprimé au Canada

Illustration Jean-Guy Bégin
Graphisme Guadalupe Trejo
Infographie Liliane Lord
Révision Jacques Archambault

Éditions de la Paix
127, rue Lussier
Saint-Alphonse-de-Granby
Québec J0E 2A0
Téléphone et télécopieur (450) 375-4765
Courriel info@editpaix.qc.ca
Site WEB http://www.editpaix.qc.ca

**Données de catalogage avant publication
(Canada)**

Côtes, Gilles

   OGM et chant de maïs

   (Collection Dès 9 ans ; no 42)

   Comprend un index

   ISBN 2-89599-002-6

   I. Bégin, Jean-Guy. II. Titre.

III. Collection: Dès 9 ans ; 42.

PS8555.O818O35 2004   jC843'.6 C2004- 941123-3
PS9555.O818O35 2004

À mon amoureuse de tous les jours

Nathalie

pour sa patience et ses encouragements.

Chapitre premier

Au nom de la science

Marie-Pierre est sous l'influence de ses hormones. Ça n'augure rien de bon pour moi. Ma sœur était bien assez « fille » à mon goût sans que des substances bio-chimiques se mêlent de lui donner des rondeurs. D'ailleurs, je soupçonne sa pré-adolescence de ne pas être étrangère à sa dernière lubie.

Marie-Pierre veut participer à la foire des sciences de notre école qui aura lieu en octobre prochain. Je suis certain que c'est juste pour impressionner Hugo le Cerveau. Ma sœur n'a aucun intérêt pour tout ce qui se calcule ou se mesure. Comme je la connais, elle va finir par m'empoisonner l'existence.

— Hé ! Regardez, les gars ! Léa-Jeanne va faire un salto arrière, crie Marie-Pierre pour attirer notre attention.

Nicolas et moi tournons la tête en même temps. Léa-Jeanne s'élance du haut du trampoline et virevolte comme une championne. Ses bras restent à l'horizontale de chaque côté du corps et ses jambes bien alignées l'une contre l'autre. Je suis très fier d'être son petit ami. Qui sait, elle ira peut-être aux prochains Jeux olympiques ?

— Super ! s'écrie Nicolas. Ça mérite une note parfaite !

Mon ami est ébahi. Il n'est pas le plus habile des sportifs. Comme il le dit si bien, son embonpoint n'est pas un bon point pour lui. Mais il essaie de se muscler à défaut de maigrir. Il aimerait tellement impressionner Marie-Pierre. Moi, je crois qu'il est sous l'emprise des hormones.

— Ça y est, j'ai une idée ! dit ma sœur, alors que Léa-Jeanne rebondit comme un yo-yo. Je pourrais démontrer le principe d'Alchimène : un corps plongé dans l'eau se mouille d'un volume égal à son poids.

Nicolas intervient avec tact.

— Tu veux dire Archimède, celui qui a découvert qu'un corps plongé dans l'eau subit une poussée vers le haut dont la valeur est égale au poids de l'eau qu'il déplace.

— C'est ce que je disais, poursuit Marie-Pierre. Et je pourrais faire l'expérience avec Cyrano, le chien. Ce serait spectaculaire !

— Et comment !... Ce colley préfère courir autour de la piscine en aboyant plutôt que d'y plonger. L'idée de se tremper, ne serait-ce que le bout d'un coussinet, l'amène au bord de la crise d'épilepsie.

— Pourquoi tu n'utilises pas l'électricité ? riposte Léa-Jeanne au sortir d'une pirouette arrière. C'est toujours drôle de voir les cheveux se dresser sur la tête.

— Tu crois ? C'est vrai que Cyrano serait très chou avec son long poil jaune hérissé sur le corps.

Il est temps que j'intervienne avant que la société protectrice des animaux ne se pointe.

— Laisse ce chien tranquille, Marie-Pierre. On a bien assez de s'en occuper pendant un mois sans le mêler à tes plans diaboliques. Notre voisine ne nous le pardonnerait pas s'il lui arrivait quelque chose durant son absence.

— On ne peut pas dire que mon frère contribue à l'avancement de la science.

— Oh ! Arrête, Marie-Pierre. Tu ne feras que reproduire une expérience déjà réalisée !

— Peut-être, mais tu devrais savoir qu'un petit pas pour l'homme en est un grand pour l'humanité.

Qui de nous trois la ramènera sur terre ?

La mère de Nicolas choisit bien le moment pour nous offrir la limonade et la trempette de légumes. Nous dégustons carottes, piments, céleris et choux-fleurs avec plaisir.

Finalement, notre journée à Saint-Paul-de-Joliette prend la tournure que je souhaitais. Le soleil est bon, même en cette mi-septembre. Le nouveau trampoline de Nicolas est super. Léa-Jeanne me fait les yeux doux à tous les quatre sauts et mon estomac n'est jamais vide. Ma sœur peut se transformer en prix Nobel si elle le veut, sa célébrité n'altérera pas mon bonheur.

Nicolas, toujours prêt à impressionner Marie-Pierre, lui suggère de consulter le guide des *Petits Débrouillards*. À voir son air de céleri ramolli, cela ne fait pas partie des lectures favorites de ma sœur.

— On y trouve plein d'expériences, poursuit mon ami. Comme provoquer une éruption volcanique dans un verre ou fabriquer une tornade en bouteille ! Il y en a plein d'autres sur le site Internet.

Je retiens ma respiration. Ce ne sont pas des thèmes à mettre entre les mains d'une sœur en crise hormonale. Je frémis à l'idée qu'elle pourrait s'y intéresser.

— Hum ! Non, dit-elle à mon grand soulagement. Ce n'est pas assez subtil.

— Mais qui veux-tu impressionner au juste ? demande Léa-Jeanne en me glissant au passage un petit sourire entendu.

La question est délicate pour Nicolas. Ses chances de faire compétition avec le Cerveau sont plutôt minces. Hugo est une sorte de gros lot pour des parents : intelligent, beau garçon, gentil et excellent sportif. Le genre de modèle qu'il est impossible de reproduire en série. Je m'empresse de créer une diversion.

— Ma sœur est désorientée comme d'habitude. En réalité, elle ne sait pas ce qu'elle veut.

Marie-Pierre arrondit les yeux et s'apprête à me poivrer d'insultes. Mais rien ne sort. La panique me gagne à mesure que son visage s'illumine.

— La boussole. Pourquoi n'y ai-je pas pensé avant ? Je vais expliquer le fonctionnement de la boussole ! C'est chouette ! Et c'est même un peu mystérieux.

— Tu n'as même pas de boussole, dis-je pour éteindre son enthousiasme.

— Erreur, frérot. J'en ai une dans mon sac. On la donnait en prime dans une boîte de céréales.

Sans attendre, elle se dirige vers son sac à dos et fièrement, nous ramène l'objet. Le boîtier de la boussole est en plastique bleu clair. Sous la vitre déjà rayée, une aiguille folle est plantée dans le gros nez d'un tigre souriant.

— C'est un gadget, Marie-Pierre. Au mieux, notre pensée s'orientera vers la boîte de céréales.

— Très drôle, réplique-t-elle.

Elle s'installe debout devant nous en tenant la boussole à l'horizontale au creux de sa main.

— Il faut la tenir de cette manière. J'ai vu ça dans une émission de télé. Voilà. Le nord est derrière la maison.

Nous nous tournons vers Nicolas pour obtenir une confirmation.

— Attendez voir, dit-il. Le soleil se lève de ce côté, à l'est. Je crois bien que le

Saint-Laurent est dans cette direction, vers le sud. Donc le nord est à peu près derrière la maison.

Nicolas réinventerait les points cardinaux juste pour plaire à Marie-Pierre. Mais à mon grand désespoir, Léa-Jeanne confirme le verdict :

— C'est possible, dit-elle, Saint-Côme et Saint-Donat se trouvent dans cette direction.

Je ressens le besoin de régler le pif du gros tigre.

— On n'a pas besoin de boussole pour savoir ça. Si tu étais perdue, tu n'arriverais jamais à te retrouver avec ce bidule.

— J'accepte le défi. Vous me bandez les yeux et vous m'amenez n'importe où dans ce champ de maïs. Il est suffisamment haut pour que je ne puisse pas me repérer. Vous allez voir, je serai de retour en moins de deux.

Ce n'est pas l'envie qui me manque de m'en débarrasser pour quelques heures. Mais Nicolas se dépêche d'intervenir.

— Il vaut mieux ne pas aller dans le champ de maïs.

— Et pourquoi ? demande Marie-Pierre. C'est défendu ?

— Non. Mais…

Je n'aime pas la tournure que prend la conversation. On dirait que Nicolas est soudainement devenu inquiet. Évidemment, la curiosité de ma sœur est émoustillée.

— Qu'est-ce qu'il y a dans ce champ, Nicolas ? demande-t-elle.

— Heu… rien d'autre que du blé d'Inde. C'est juste que depuis quelque temps, on y entend de drôles de chants.

— Là, derrière ? questionne Marie-Pierre en pointant l'immense champ de maïs, dont les premières tiges, aux trois quarts desséchées, s'élèvent à moins de quinze mètres du trampoline.

— C'est beaucoup plus au fond, dans la culture expérimentale.

Expérimental était le mot à éviter. Dans le soleil déclinant de cette fin d'après-midi, il me semble que les yeux de ma sœur se sont transformés en grain de maïs d'un jaune éblouissant.

Chapitre 2

Le chant du champ

Le souper n'a pas ramolli les intentions de Marie-Pierre. Nous laissons tomber le film au programme. D'après Nicolas, nous avons juste le temps d'aller au champ expérimental avant la nuit.

Nous prenons un chemin de terre battue, parsemé de hautes herbes. D'un côté, un petit boisé nous sépare de la grand-route, de l'autre une muraille de maïs s'étire sans interruption.

— Je sens que je tiens mon sujet pour la foire scientifique, dit Marie-Pierre avec enthousiasme.

— Ce sera un sujet éclatant, lui lance Léa-Jeanne à la blague.

Ma sœur la regarde sans comprendre. Je trouve que mon amie amérindienne développe son humour à mon contact.

— Oui. Comme du *pop-corn* ! précise Léa-Jeanne.

Marie-Pierre n'apprécie pas que son esprit scientifique soit ridiculisé.

— Marie Curie n'aurait pas découvert la pénicilline si on s'était moqué d'elle de cette façon.

Encore une fois, Nicolas corrige la bourde de Marie-Pierre.

— Je crois que madame Curie a découvert la radioactivité, les rayons X. Pour la pénicilline, c'est le docteur Fleming qui l'a découverte. Il était canadien.

— Peu importe. L'essentiel, c'est qu'on l'ait prise au sérieux, elle !

Mieux vaut se concentrer sur la mar-che. C'est moins fatigant que de l'écouter.

— Dis, Nicolas, il est encore loin, ton champ ? s'informe Léa-Jeanne.

— Pas tellement. Vous allez voir, on le reconnaît facilement. Il y a une série de petits écriteaux sur le devant.

En effet, après plusieurs minutes de marche, nous nous arrêtons devant les premiers cartons recouverts de chiffres et de lettres incompréhensibles.

— Qu'est-ce que ça veut dire, toutes ces inscriptions ? demande Léa-Jeanne.

Cette fois Nicolas n'a aucune expli-cation.

— Je ne vois pas de différence entre ce maïs et celui que nous avons longé tout à l'heure, dis-je un peu déçu.

— C'est parce que mon frérot n'a pas l'esprit scientifique. Il faut bien observer, me sermonne Marie-Pierre. D'abord, les tiges sont un peu plus grandes que dans le champ voisin. Et puis les feuilles sont plus desséchées. Finalement, ce maïs est numéroté et l'autre pas.

Voyant que je ne suis pas convaincu, elle se tourne vers Nicolas.

— Et en plus, il y a des chants mystérieux dans ce terrain. N'est-ce pas, Nicolas ?

Mon ami enfonce les mains dans ses poches en prenant un air important. Il ne demande pas mieux que d'être consulté par ma sœur.

— C'est arrivé, oui. Mais cette fois-là, je m'étais enfoncé dans le champ avec mon cousin. Nous avons entendu une drôle de voix qui fredonnait un air. C'était juste des marmonnements. Ça s'est interrompu quand nous avons crié pour savoir s'il y avait quelqu'un.

— On a dû vous faire une blague, dis-je avec assurance.

— Ça s'est reproduit une autre fois, insiste Nicolas. La voix n'avait rien d'humain.

Si mon ami veut créer un effet pour attirer l'attention, c'est réussi. Les filles ont l'air de deux biches aux aguets.

— Eh bien, allons-y ! dit Marie-Pierre en prenant sa boussole.

Elle traverse le fossé et s'enfonce dans la forêt de maïs. Nicolas tente de la retenir.

— Attends, Marie-Pierre. C'est une grande culture. Il vaut mieux ne pas aller trop loin si on veut revenir avant la nuit.

Un missile serait plus approprié pour la freiner. Léa-Jeanne me prend la main et me tire dans leur sillage. Nicolas n'est pas bien difficile à suivre. Il fait autant de boucan qu'un grizzli. Nous progressons pendant plusieurs minutes en zigzaguant entre les tiges chargées d'épis. C'est plu-tôt rigolo, on dirait une sorte de jungle. Les longues feuilles jaunies produisent un froissement de papier sur notre passage. Malgré ma grande taille, je n'arrive même pas à voir au-dessus des têtes des tiges de maïs.

— Pas si vite, Marie-Pierre ! crie Nicolas. C'est planté serré.

Ma sœur s'arrête. Elle consulte sa boussole.

— On garde le cap au sud. Je n'ai encore rien entendu de bizarre.

— Comment veux-tu entendre quel-que chose ? On fait autant de bruit qu'une moissonneuse-batteuse, dis-je en arrachant une feuille séchée, coincée dans ma chemise.

— C'est vrai, dit Nicolas. On pourrait se reposer un peu et rester tranquille. Les chants n'étaient pas bien forts.

— D'accord, on s'assoit par terre. Le premier qui entend quelque chose lève la main, ordonne Marie-Pierre.

Je m'assois tout contre Léa-Jeanne qui enroule son bras autour du mien.

— Qu'est-ce qu'il a d'expérimental ce champ ? dis-je à voix basse, à l'intention de Nicolas.

— Je crois qu'on expérimente de nou-velles variétés de maïs. Il y a un type qui vient voir de temps en temps. Il a un grand sac et il prend des notes dans un carnet. Parfois, je crois qu'il prélève aussi des échantillons d'épis.

— Peut-être qu'il cherche à améliorer le *pop-corn*, dis-je. Ce serait bien s'ils en confectionnaient du géant. Tu imagines, on pourrait le croquer comme une prune.

— J'imagine surtout les dimensions du four à micro-ondes, me répond Nicolas en riant.

Marie-Pierre soupire et range sa boussole dans la poche de sa veste.

— À vous entendre, je comprends que les filles soient les meilleures en classe.

Un CROAWKC épouvantable m'empêche de répliquer. Le cri est suivi d'un battement d'ailes qui nous met sur le qui-vive.

— Qu'est-ce que c'est ? demande Marie-Pierre.

— Ce n'est rien. C'est un corbeau ou une grosse corneille, répond Nicolas. Nous avons dû lui faire peur.

— Je me demande bien qui a fait peur à qui, ajoute Marie-Pierre dont les joues ont rosi.

Dans le silence qui s'installe, j'entends nettement un sourd marmonnement chantonné qui s'éteint presque aussitôt. Les autres se sont figés tout comme moi. Du regard, je cherche un indice autour de moi qui pourrait me rassurer sur la nature de ce bruit. Je ne vois que des tiges de maïs qui s'entrecroisent et limitent notre vue.

— Vous avez entendu ? murmure Léa-Jeanne.

Presque immédiatement, le murmure chantonné reprend. Nos têtes se tournent dans la même direction d'un même mouvement. Sournoisement, l'obscurité s'est installée dans le champ. Nous avons oublié qu'à la fin de septembre, les journées sont plus courtes.

— On pourrait peut-être rentrer, suggère Nicolas. Ce sont les chants dont je vous ai parlé. Maintenant, vous les avez entendus.

— Est-ce que vous croyez que c'est un animal ? demande Marie-Pierre.

Il ne faut pas que je laisse ma sœur voguer sur son imagination, car bientôt nous serons entourés d'une chorale de loups-garous.

— Je propose qu'on rentre, il va faire noir bientôt. Venez, dis-je avec autorité.

Marie-Pierre sort sa boussole. Elle la brandit d'un air professionnel.

— Comme nous avons suivi le sud tout à l'heure, on s'en retourne vers le nord. Par là !

Je ne suis pas sûr de la direction. Avec tout ce maïs qui se ressemble comme une armée de sosies, je n'ai plus de point de repère. Aussi bien se fier au gros nez du tigre.

Sauf qu'après dix minutes de marche, nous sommes toujours entourés de maïs. La nuit tombe de plus en plus vite. Marie-Pierre n'arrête pas de consulter sa boussole et chaque fois elle nous indique une direction contestée par chacun de nous.

— Tu vois bien que ta fichue boussole ne sert à rien. Maintenant, on est perdu et il va faire noir. Je me demande bien pourquoi j'ai hérité d'une sœur comme toi !

— Parce que nos parents étaient déçus de leur premier essai ! Ils voulaient un enfant imaginatif et brillant, dit-elle en secouant sa boussole comme s'il s'agissait d'un thermomètre.

Léa-Jeanne s'interpose avant que notre prise de bec ne tourne au vinaigre.

— Arrêtez ! Ça n'avance à rien de se disputer. Il faut sortir d'ici. J'ai cru entendre à nouveau ce drôle de chant. Je n'aime pas tellement ça. Réfléchissons. Le terrain est à l'est de la maison. Quand nous y sommes entrés, nous nous sommes dirigés vers le sud. Donc pour retrouver le chemin, il faut aller au nord.

— Ah ! Si c'est Léa-Jeanne qui l'affirme, monsieur Benoît n'a rien à redire, ironise ma sœur.

— Je t'en prie Marie-Pierre, laisse-moi réfléchir, dit mon amie avec fermeté. Benoît, penche-toi, je vais grimper sur tes épaules.

Je m'exécute, trop fier de soulever mon amie avec facilité. À genoux sur mes épaules, elle scrute le champ.

— Il n'y a rien de visible. Il fait trop noir, dit-elle. On dirait que nous nous sommes rapprochés de la forêt. Mais, attendez ! Je vois la Petite Ourse.

Marie-Pierre qui n'écoutait que d'une oreille distraite s'écrie :

— Une ourse ! Il y a une ourse dans le champ !

Nicolas s'empresse de la calmer.

— Mais non, Marie-Pierre. Léa-Jeanne parle des étoiles.

Malgré sa petite taille, mon amie commence à être lourde. Je piétine de gauche à droite pour garder mon équilibre.

— Ça va, Benoît, je descends. J'ai repéré l'étoile polaire. Il suffit de suivre la poignée du chaudron renversé jusqu'à une étoile brillante. Le nord est par là.

Léa-Jeanne nous indique une direction que nous nous empressons de suivre sans discussion. Je la soulève encore à deux reprises avant d'atteindre le chemin de terre. À présent, les écriteaux ressemblent à de petites croix alignées. Pourquoi

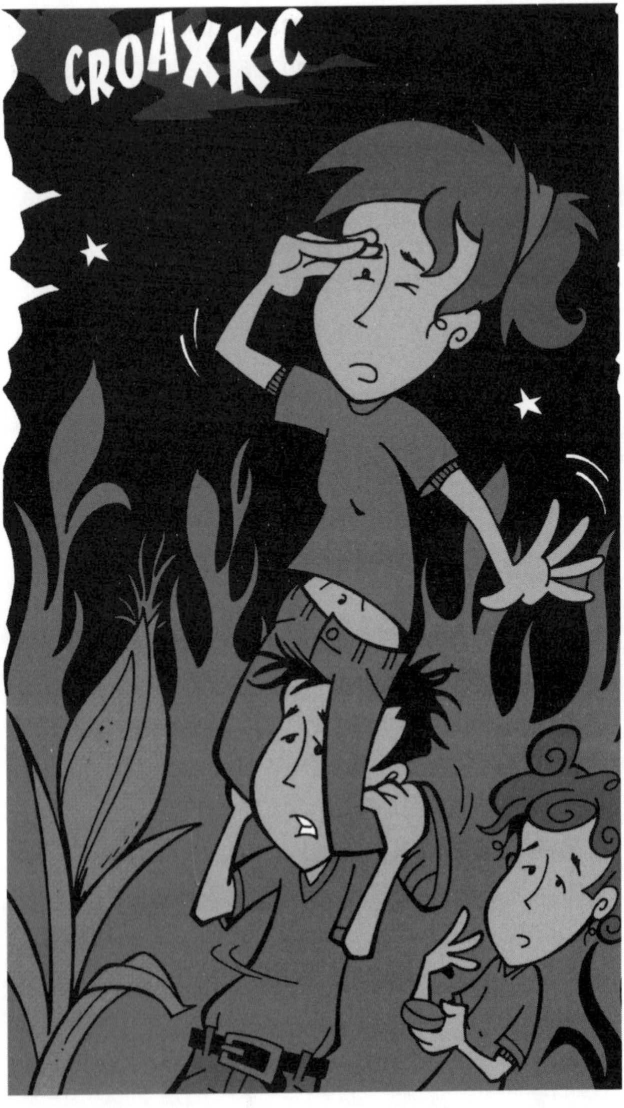
CROAXKC

l'obscurité inspire-t-elle toujours des idées macabres ? Nous regagnons la maison de Nicolas presque au pas de course. Je n'ai pas très envie d'entendre à nouveaux les curieux chants de ce champ de maïs.

Chapitre 3

Docteur Frankenstein

Marie-Pierre nous a convaincus de nous réunir chez Nicolas dès le lendemain après-midi. Elle croit fermement que les bruits mystérieux la mèneront vers une découverte qui fera son succès pendant la foire scientifique.

En plein soleil, le champ prend de belles couleurs d'automne. Les épis frissonnent sous la brise. Quelques nuages floconneux gambadent dans le ciel. Il n'y a plus rien d'inquiétant.

Ma sœur a apporté son attirail scientifique : des jumelles, un magnétophone portatif, un bloc de feuilles quadrillées et un grand sac de plastique pour prélever des échantillons.

D'un geste assuré, Marie-Pierre tend les jumelles à Léa-Jeanne.

— Monte sur cette petite butte là-bas et examine la culture. Tu notes tout ce qui te semble anormal.

Mon amie semble embêtée par les consignes de ma sœur.

— Comment vais-je savoir que c'est anormal ?

— Si l'envie te prend de poser la question, alors prends des notes.

Sans plus d'explication, elle somme Nicolas de préparer le magnétophone. Puis elle s'approche des écriteaux et note dans son bloc les informations qui s'y trouvent. Le mot Monsalo est présent sur chacune d'elle. Juste en-dessous, une série de chiffres et de lettres s'alignent sans queue ni tête.

— Mais pourquoi notes-tu ce charabia, Marie-Pierre ? demandé-je.

— On voit bien que mon frère n'a rien d'un chercheur. Cela s'appelle la collecte de données.

— Mais à quoi ça sert ?

Elle pousse un soupir en se dirigeant vers le panneau suivant.

— Ça va servir à formuler une hypothèse. L'origine de ces bruits doit avoir une explication rationnelle.

— C'était probablement un animal ou notre imagination, dis-je avec désinvolture.

— Eh bien ! Voilà ! Tu sautes aux conclusions trop vite. La méthode scientifique demande qu'on observe, qu'on note, qu'on formule une hypothèse et qu'on expérimente AVANT de conclure. Tu n'as donc rien retenu de ton cours de sciences ?

Ses hormones commencent à activer les miennes. Je ferais mieux de rejoindre Léa-Jeanne qui a l'air d'observer les oiseaux bien plus que le champ.

— Mais que faire viou là ?

La voix nous a tous immobilisés. Un peu plus loin, un homme surgit du champ de maïs. Il porte une casquette avec un logo sur le devant. À mesure qu'il se rapproche, je peux voir que le nom Monsalo y est inscrit en plein centre d'un cercle vert. Il avance de guingois, car il transporte un énorme sac sur son épaule gauche. Ses bottes de travail raclent le sol en projetant des cailloux devant lui. Il s'arrête à quelques pas de Marie-Pierre.

— Fille. Quoâ faire vous ?

Jamais je n'ai entendu un accent anglais si lourd. Il a l'air d'avoir une poignée de noix dans la bouche et le casse-noix entre les dents. Ce doit être le type dont nous a parlé Nicolas.

— Bonjour, je m'appelle Marie-Pierre. Je prends quelques notes pour un travail scolaire.

— No droit. Vous prendre rien. Ici *private*.[1] *You can't play here.* [2]

Il n'a pas l'air commode. On ne va quand même pas l'abîmer, cette culture de maïs ! Ma sœur range son bloc-notes et entreprend de lui expliquer. Elle prend soin de bien articuler.

— Écoutez, Monsieur. Je prépare une EX-PÉ-RIEN-CE pour la foire SCI-EN-TI-FI-QUE de mon école. Nous avons EN-TEN-DU de drôles de chants dans ce champ de maïs.

1. Privé
2. Vous ne pouvez pas jouer ici.

39

— *What* ?[1]

Ça s'annonce difficile. Il n'a rien compris de l'explication de Marie-Pierre.

— Maïs. MIAM-MIAM, fait-elle en roulant un épi imaginaire entre ses dents.

— *No*. Pas manger. Pas droit. *Testing corn GMO.*[2]

— Mais je ne veux pas le manger, Monsieur ! Je veux OB-SER-VER pour mon EX-PÉ-RIEN-CE. À cause des chants. Lalala lala la lalala ! Vous *understand ?* [3]

Mais le type plisse son visage en signe d'interrogation. Les simagrées de ma sœur commencent à l'irriter. Il fait un signe avec la main en direction du chemin.

1. Quoi
2. Nous testons un maïs OGM. (En anglais, Genetically Modified Organisms.)
3 Vous comprenez ?

— Partir. *I work here.*[1]

Alors que le conflit linguistique menace de dégénérer, un deuxième homme, plus jeune celui-là, franchit à son tour la bordure du champ.

— Qu'est-ce qui se passe, docteur Stein ?

Tant mieux, en voilà un qui parle français avec à peine un léger accent.

Le docteur lui explique dans la langue de Shakespeare ce qui ne va pas en nous désignant de la main.

— Je vois. Bonjour, les enfants. Je suis Peter Franck. Je suis étudiant au doctorat et je travaille avec le professeur Stein. Nous faisons des recherches pour le compte de la compagnie Monsalo. Ce terrain est privé. C'est ce que le docteur essaie de vous expliquer.

1 Je travaille ici.

— Vous faites quel genre de recherche ? demande Marie-Pierre soudainement très intéressée.

— C'est un peu difficile à expliquer, jeune fille. Disons que nous testons différentes sortes de maïs qui ont été génétiquement modifiés. Des OGM, des organismes génétiquement modifiés. Ce sont des plants de maïs qui ont reçu un gène qui n'existait pas dans leurs chromosomes. Nous voulons améliorer la croissance des épis, faciliter leur digestion, ce genre de choses. Maintenant, on souhaiterait que vous ne jouiez pas par ici. Vous comprenez, c'est une propriété privée, en quelque sorte.

Avec obstination, Marie-Pierre explique à nouveau son projet de recherche au savant étudiant.

— Ces bruits ne sont probablement que des cris d'animaux. Et tu sais, parfois notre imagination nous joue des tours, lui dit-il.

Et tac pour les visées scientifiques de ma sœurette. Ses joues deviennent rouges et elle évite de croiser mon regard.

— D'accord, on ne savait pas que c'était privé, dit Marie-Pierre. Excusez-nous.

Nous remballons nos affaires et nous nous éloignons sur le chemin pendant que les deux hommes discutent à voix basse en anglais.

Marie-Pierre murmure à l'intention de Nicolas :

— J'espère que tu as tout enregistré.

— Quoi ? ! Je ne savais pas qu'il fallait le faire.

— Ce n'est pas grave. J'ai tout noté là, dit ma sœur en pointant son crâne de l'index.

C'est bien ça le pire, ce qu'il y a dans sa tête risque de tout déformer.

— Tu vas devoir chercher une autre expérience, on dirait, lui lance Léa-Jeanne.

— Penses-tu ! Je ne me laisserai pas impressionner par ces deux-là. Je trouve bizarre leur façon d'agir. Il faudra se renseigner sur ces OGM. Je ne suis pas portée à faire confiance à des types qui s'appellent *Franck and Stein* !

Décidément son imagination ne prend pas de vacances.

Chapitre 4

L'épouvantail

Ma sœur a mijoté son plan pendant une semaine entière. C'est loin de me rassurer. Surtout que Nicolas a été mis à contribution dans le plus grand secret. Il ne demande pas mieux que de succomber aux charmes de Marie-Pierre. Le pauvre ! Il ne sait pas de quoi elle est capable.

Nous sommes conviés à un *meeting*[1] chez Nicolas. Depuis sa rencontre avec le professeur Stein, Marie-Pierre utilise quelques termes anglais pour faire plus sérieux. Si ce n'était de la présence de Léa-Jeanne, je crois que j'emploierais autrement mon début de fin de semaine.

1. Réunion

— Voilà, j'ai réfléchi à la poursuite de nos travaux de recherche, dit-elle avec grand sérieux. J'ai donc demandé à mon technicien Nicolas de fabriquer une tour d'observation que nous installerons dans le champ de maïs.

Je l'examine pour être sûr que je ne distinguerais pas une quelconque trace de folie sur son visage.

— Une tour ? articule Léa-Jeanne qui n'en revient pas.

— À vrai dire, c'est une construction spéciale, qui est très appropriée à l'endroit, précise Marie-Pierre. Venez au garage, mon assistant va compléter le *briefing*[2].

Nicolas s'empresse de nous expliquer que le briefing consiste à nous mettre au courant de toutes les facettes du plan.

2. Instructions, exposé

L'exposé est court. La stratégie est simple. Je vais me hisser dans la tour qui est en réalité un grand épouvantail recouvert d'épis et de feuilles de maïs. Lorsque les chants se feront entendre assez fort, je déclencherai l'appareil photo numérique. De cette façon, nous aurons quelques clichés du mystérieux phénomène. Et dire que mon meilleur ami a participé à ce complot !

— Et pourquoi c'est moi qui dois m'installer là-dedans ? dis-je à ma sœur.

— Parce que tu es le plus grand, tu es le plus athlétique et tu es le meilleur pour prendre des photos, dit-elle avec assurance.

Je jette un bref coup d'œil à Léa-Jeanne. Je dois admettre que les arguments de Marie-Pierre sont plutôt flatteurs.

— Je ne sais pas, dis-je prudemment.

— Tu n'as rien à craindre, me dit Nicolas. Mon dispositif est sûr et solide. Regarde, tes pieds seront supportés par une petite planche tout ce qu'il y a de confortable. J'ai prévu aussi des pochettes pour les provisions. En tout temps, tu pourras grignoter ou déguster une boisson gazeuse.

J'ai l'impression d'être victime d'une machination.

— Et je devrai rester seul dans ce champ ?

Comme si elle n'attendait que cette question, Marie-Pierre exhibe avec fierté des *talkies-walkies.*

— Nous n'avons rien négligé. Nous serons en permanence à la lisière du terrain. On pourra communiquer avec toi s'il y a un problème. Nicolas a même relié un casque d'écoute et un micro à ton appareil. Bien entendu, ce n'est qu'une mesure d'urgence. Il faudra éviter de faire le moindre bruit.

— Et comment je vais retrouver mon chemin s'il y a un problème ?

— Grâce au système «*Petit Poucet* » , dit ma sœur qui a l'air de sortir les solutions comme un magicien de son chapeau.

Nicolas explique qu'une cordelette les reliera à l'épouvantail. On n'aura qu'à la suivre pour me retrouver en un rien de temps.

Léa-Jeanne a l'air enthousiasmée par toute cette organisation. Je ne peux quand même pas la décevoir. Je pose une dernière question qui est comprise comme une acceptation de ma part.

— Quand comptez-vous installer votre système ?

L'après-midi du samedi y est consacré. Fort heureusement, le temps est exceptionnellement doux. Même l'été est du côté de Marie-Pierre !

Nous avons tout consolidé. Les différents éléments sont en place. Le camouflage est parfait. Il ne reste qu'à grimper là-dessus et y rester jusqu'au crépuscule. Un mauvais moment de deux ou trois heures à passer.

— Il est six heures pile, dit Marie-Pierre, fière de voir son idée se concrétiser. Toutes les heures, nous allons prendre un relevé de la situation. À neuf heures tapant, on vient te chercher. Allez, installe-toi, frérot.

Je ne sais pas pourquoi, je n'ai plus tellement envie de me glisser dans cette vieille veste recouverte de feuillage. Léa-Jeanne, voyant mon hésitation, s'approche de moi. Elle fait signe à ma sœur et à Nicolas de se retourner. Sans la moindre hésitation, elle applique ses lèvres sur les miennes. Le contact est dix mille fois plus doux que dans mon imagination. Je n'ai d'autre réflexe que d'entrouvrir les miennes comme un poisson rouge éberlué. Il se produit alors l'équivalent du *Big Bang* qui a donné naissance à l'univers. Mon premier vrai baiser me transporte à mille lieues de ce champ de maïs. Un vrai coup de baguette magique. Je suis maintenant prêt à marcher sur la lune !

Nicolas et Marie-Pierre profitent de mon état pour m'installer dans l'épouvantail. Quand je reprends mes esprits, je suis seul au poste d'observation. Un grand chapeau ne laisse que mon visage à découvert. Devant moi, des dizaines de milliers de têtes d'épis de blé d'Inde se balancent sous le vent. Au loin, un vol d'oiseaux noirs tache le ciel.

Après quelques minutes, la voix de ma sœur m'explose dans le crâne. Le grésillement est épouvantable.

— 1, 2, « *Testing* » ! Benoît ? Est-ce que tu m'entends ?

— Mais ne crie pas si fort, tu vas me rendre sourd !

Du bout des doigts, je baisse le volume.

— Benoît, dis encore quelque chose pour qu'on finisse de régler notre appareil de notre côté.

— J'aime mieux pas !

— Dommage. C'était peut-être l'occasion pour toi de passer à l'histoire. Mais on comprend que tu viens de subir un choc. À tout à l'heure !

J'entends des ricanements, puis le silence s'installe.

Je passe la première heure à grignoter les croustilles et le chocolat fournis par Nicolas. Par chance, je peux facilement retirer les bras de l'armature qui soutient les manches de l'épouvantail. Mon ami est un bon bricoleur.

Il n'y a rien à signaler à part le vent qui s'est levé et le ciel qui s'est couvert de nuages. De temps à autre, la cime des épis ondule. J'entends alors le crissement des feuilles qui se frottent les unes contre les autres. J'imagine alors que ce sont des centaines de mains craquantes qui se réjouissent de ma présence. Je suis une sorte de proie offerte en sacrifice aux élucubrations de ma sœur. Et s'il y avait une bête rôdant dans ce champ ? Je n'ai rien pour me défendre.

À cette pensée, mes yeux cherchent désespérément le moindre signe d'agitation suspecte devant moi. Je me rends compte d'un coup que les géniaux concepteurs de ma cache n'ont pas pensé à ce qui pourrait surgir derrière moi.

— Marie-Pierre ! dis-je dans le micro suspendu au coin de ma bouche, Marie-Pierre !

Un grésillement précède sa voix.

— Qu'y a-t-il ? Tu as vu quelque chose ? demande-t-elle de sa petite voix excitée.

— Rien du tout. Mais comment je fais pour surveiller derrière moi ?

Un silence succède à mon interrogation.

— Tu n'as qu'à attendre que ça passe dans ton champ de vision. De toute façon, ça ne pourra pas te voir de dos.

— Ça ! ? Ça, quoi ? dis-je, de plus en plus effrayé à l'idée qu'une présence inconnue pourrait bondir sur moi d'un instant à l'autre.

— Je te rappelle, frérot, que c'est ce que tu es sensé photographier. C'est ta mission. Tu l'as déjà oublié ?

Elle m'énerve. Je voudrais bien la voir toute seule sur ce terrain. Si ce n'était de décevoir Léa-Jeanne, je descendrais de ce truc stupide à l'instant même.

— Benoît ? Tu es toujours là ?

Le premier chantonnement s'élève sur ma droite et se termine par un râle pas très rassurant. Immédiatement, je tourne la tête dans cette direction. Trop brusquement. Je perds pied et mon corps déséquilibré tord la structure de l'épouvantail. Je me sens basculer vers l'arrière.

Le micro se détache de ma tête et pend au bout de son fil. Je suis coupé de toute communication ! C'est d'habitude le moment où tout se gâte dans n'importe quel film à suspense.

Un roucoulement profond, modulé comme le gazouillis d'un oiseau, assomme la moindre de mes intentions. Des images de bêtes toutes plus affreuses les unes que les autres me passent par la tête. Mes yeux deviennent de feu, car je n'ose abaisser mes paupières. Il me semble que quelque chose agite une tige de maïs derrière moi. Peut-être est-ce le vent ? Je serre mon appareil photo entre mes doigts. Ma position est précaire. Elle devient catastrophique lorsqu'une masse noire s'élève en froufroutant devant mes yeux. Ma réaction suffit à faire basculer l'épouvantail sur le dos. Je crie en essayant de me dépêtrer des vêtements et des morceaux de bois qui me retiennent prisonnier.

Après de longues minutes, la voix essoufflée de Nicolas s'élève enfin.

— On arrive, Benoît !

Ce n'est pas trop tôt ! Plusieurs mains s'activent pour me sortir de ma fâcheuse position. Nous sortons du champ de maïs en vitesse en abandonnant la carcasse de l'épouvantail.

Nicolas transfert les photos numérisées sur son ordinateur. Une série d'images apparaissent. La plupart montrent le ciel ou la tête des tiges de maïs. Deux photos semblent voilées. On n'y voit que du noir. J'ai tout fait ça pour rien.

— Je crois qu'on tient quelque chose, frérot. Notre plan a marché.

Je jette à ma sœur un regard plus voilé que les photos.

À la demande de Marie-Pierre, Nicolas tente de les améliorer avec le programme. Bientôt, sur l'une d'elle, on peut reconnaître une tête vue de profil avec un œil noir qui nous regarde.

— On dirait un oiseau, dit Nicolas. Un corbeau ! ajoute-t-il en ricanant.

— Il n'y a rien de drôle, clame ma sœur. Nous avons probablement devant nous l'auteur de ces bruits bizarres.

Je souris à Léa-Jeanne qui ne semble pas encore trop atteinte par la puberté. Elle me rend la pareille d'un air complice. C'est à peine si j'entends Marie-Pierre s'exciter sur la prochaine étape, capturer l'oiseau pour mieux l'étudier.

Chapitre 5

Le prisonnier

Il faut admettre que ma sœur est déterminée. Surtout devant un mystère à résoudre. En moins de douze heures, elle a déniché de l'information sur son oiseau et a convaincu Nicolas de fabriquer un piège.

Nous l'avons installé le long du champ expérimental, pas trop loin de la forêt. Marie-Pierre a lu que les corvidés, dont font partie les corneilles et les corbeaux, sont des oiseaux très astucieux. Parmi les plus intelligents. Il n'en fallait pas plus pour stimuler son zèle.

— Vous allez voir, ce piège est une merveille, dit-elle en calant la cage de bois entre deux pierres.

Nicolas aide à installer l'appât : un gros morceau de bœuf suspendu au bout d'une corde, en plein centre de la cage. J'examine le dispositif.

— Je vous signale qu'il s'agit d'un oiseau, pas d'une bête fauve.

— Les corbeaux sont omnivores, dit Nicolas. C'est un système que nous avons trouvé dans Internet. L'oiseau entre par la porte et tire sur le morceau de viande. La corde déclenche le mécanisme de fermeture de la porte. Et toc ! L'oiseau ne peut plus sortir. Ingénieux, non ?

Léa-Jeanne et moi approuvons de la tête.

Pendant trois jours, après le repas du soir, nous avons inspecté le piège. Un écureuil curieux et une marmotte sans esprit ont éprouvé la cage. Notre cible ne s'est pas manifestée. Nous avons relâché les étourdis.

Le quatrième soir, alors que des volées de corneilles sillonnent le ciel au-dessus du champ expérimental, nous décidons de nous dissimuler dans les buissons. Marie-Pierre croit que nous sommes le jour *J.* Je l'espère bien, parce qu'à part quelques baisers volés à Léa-Jeanne, je commence à trouver tout ça plutôt assommant.

— Regardez. Je suis sûre que c'est lui.

Marie-Pierre pointe du doigt un gros oiseau noir. Il n'a pas l'air d'appartenir à la bande, car les autres s'enfuient à son approche. Après avoir décrit, de ses ailes déployées, de grands cercles au-dessus de nos têtes, il descend vers la cage en vol plané.

Nous retenons notre souffle.

À peine posé sur le sol, l'animal marche en zigzaguant, tout en surveillant l'appât. Sa méfiance est visible. D'un coup d'ailes, il se soulève et se hisse sur le dessus du piège. Nous sommes alors témoins d'un comportement étonnant. Le gros corbeau passe son bec entre les planches et ramène la corde sous sa patte. En répétant l'opération trois ou quatre fois, il finit par s'emparer du morceau de viande.

— Ah, ça alors ! murmure Nicolas.

Voyant la déconfiture de Marie-Pierre, je me sens inspiré.

— Maître corbeau, sur sa cage perché, tenant dans son bec l'appât convoité, se rit de ma sœur éberluée qu'un si pauvre stratagème ait échoué.

Il m'est impossible de parodier plus longtemps le fabuliste Lafontaine. Léa-Jeanne m'entraîne dans son fou rire.

Piqués au vif, Marie-Pierre et Nicolas ont vite fait d'améliorer le dispositif. Une planche est ajoutée sur le sommet de la

cage et un fil de métal remplace une bonne partie de la corde.

Corbeau Einstein, comme l'a si bien baptisé Nicolas, n'a quand même pas inventé la théorie de la relativité. En ce dernier samedi de septembre, ma sœur, sous le coup d'une victoire sans précédent, exécute une danse débridée autour de son prisonnier.

À l'aide de deux bâtons de hockey glissés entre les barreaux de la cage, nous transportons l'oiseau dans la vieille grange chez Nicolas. Corbeau Einstein a proféré quelques " CROAK " de protestation. À bien y penser, j'en ferais tout autant. La prison n'est pas agréable en soi, mais quand le geôlier est ma sœur, cela frise carrément l'horreur.

— Et maintenant, demande Léa-Jeanne, que va-t-on faire de cet oiseau ? Marie-Pierre a les yeux étincelants.

— Tout d'abord, l'observer. Puis nous allons procéder à quelques tests.

Je me sens soudain pris d'une grande affection pour notre prisonnier.

— Tu ne vas pas lui faire de mal au moins ?

— Ne t'inquiète pas, frérot. Nous allons en prendre soin jusqu'à ce qu'il nous livre le secret de ces chants bizarres. N'est-ce pas, mon gros noiraud ? Tu vas être gentil avec tante Marie-Pierre.

Ma sœur s'avance vers la cage en roucoulant des onomatopées enfantines. Un épouvantable croassement la fait reculer aussitôt. Il semble que le cobaye ne soit pas d'humeur à fraterniser.

Chapitre 6

Marie-Pierre et maître Corbeau

Les corbeaux sont omnivores, mais le nôtre ne nous en a pas convaincus. Il a systématiquement refusé toutes nos recettes à base de maïs. Pourtant, Marie-Pierre a mis beaucoup d'imagination dans la préparation de nos plats. Ni le bœuf haché cru, miellé ou parsemé d'olives ; ni les flocons d'avoine givrés, mouillés de confiture de framboises ou aromatisés de ketchup, pas plus que l'œuf cru rehaussé de beurre d'arachide et de morceaux de barres chocolatées, n'ont eu raison de son indifférence. Toutes nos tentatives pour l'obliger à ingurgiter les grains de maïs expérimentaux se sont soldées par un échec.

— Je crois qu'il n'a pas faim, dit Nicolas.

Marie-Pierre est loin d'être convaincue.

— Allons donc, ces gros volatiles passent leurs journées à avaler n'importe quoi. Il le fait exprès !

Ma sœur a raison. Corbeau Cent Watts nous fixe de ses yeux vitreux et garde un mutisme obstiné. Sans doute qu'il n'apprécie pas la cage ni le flash de l'appareil photo.

Léa-Jeanne retire toutes les gamelles posées autour de la cage. Elle évite soigneusement d'y poser le regard. La plupart des plats ont pris la consistance d'une bouillie peu ragoûtante.

— Mais il doit manger ce blé d'Inde si je veux vérifier mon hypothèse, dit Marie-Pierre.

— Crois-tu vraiment que ces grains de maïs vont transformer ce gros corbeau en star de la chanson ?

— On sait bien. Comme d'habitude, mon frère n'aime pas que mes projets réussissent !

— Ce n'est pas un projet, c'est une fantaisie de ton cerveau.

— Et si nous en mangions ? coupe Nicolas, qui sait très bien jusqu'où peut mener nos prises de bec.

Nous le regardons comme s'il avait proposé d'avaler toutes les gamelles en même temps.

— Beurk ! Pas question d'avaler du blé d'Inde anormal, dis-je en grimaçant.

— Et comment sais-tu qu'il n'est pas normal, monsieur-je-sais-tout ? réplique ma sœur.

Pendant que je cherche une réponse intelligente, Léa-Jeanne nous fait signe de jeter un coup d'œil discret vers l'oiseau.

À notre grand étonnement, celui-ci picore directement dans le plat de graines de maïs que Léa-Jeanne a mis à sa portée. Étourdis par l'enthousiasme expérimental de Marie-Pierre, nous n'avons pas pensé au plus simple, lui offrir directement des grains de maïs !

— Tu crois que ça va marcher ? demande Nicolas.

— Il faut être patient, dit-elle, sans détourner les yeux de l'oiseau.

À l'aide de signes mimant l'utilisation d'une manette de jeu, je propose à Léa-Jeanne et Nicolas d'aller patienter devant l'ordinateur. Nous sortons en laissant ma sœur assise sur un tabouret face à la cage. Elle ne s'aperçoit même pas de notre départ.

Deux heures plus tard, nous réintégrons le laboratoire improvisé dans la vieille grange. Cyrano le chien nous accueille de ses aboiements enjoués. Immédiatement, je questionne Marie-Pierre.

— Mais, qu'est-ce qu'il fait ici ?

— J'ai téléphoné à maman. J'ai pensé que Cyrano devait s'ennuyer à la maison. Avec nous, il pourra gambader et s'amuser. Elle a trouvé que c'était une bonne idée.

Ça, je n'en doute pas. Ma mère n'aime pas tellement ce chien qui ne pense qu'à manger et à perdre du poil à la tonne. D'un geste affectueux, je caresse la truffe froide et humide du colley.

— Tu n'as pas l'intention de mêler ce chien à tes expériences ? demandé-je avec un brin d'inquiétude.

— Ce n'est pas une mauvaise idée, me dit-elle comme si elle venait juste d'y penser. Nous pourrions comparer les effets du blé d'Inde expérimental sur les mammifères.

— Pas question ! dis-je en caressant l'oreille de Cyrano. Tu sais très bien que ce chien a l'estomac fragile. Tu vas le rendre malade. C'est à peine s'il digère la nourriture pour chien.

— Môa.

Nos regards s'entrecroisent. Léa-Jeanne hausse les épaules. Nicolas plisse les yeux. Marie-Pierre a le visage figé dans une expression que je souhaiterais éternelle. Même Cyrano le chien a les oreilles dressées et l'œil aux aguets.

— Il y a quelqu'un ? dis-je à haute voix en me dirigeant vers la porte.

— Grmnl, mmhum, crôawk, môa.

Léa-Jeanne pointe Corbeau Cent Watts.

— On dirait que ça vient de lui !

Ébahis, nous nous approchons de la cage. Le gros oiseau se déplace lentement de gauche à droite. Son bec est entrouvert et ses ailes se soulèvent de son corps en lui dessinant une carrure inquiétante.

Cyrano colle son museau contre les barreaux. Les babines retroussées, il montre son râtelier en grondant comme une tondeuse.

— Boête, moâvais ! dit l'oiseau.

Immédiatement, je tire Cyrano par le collier.

— Il... il parle, murmure Marie-Pierre.

— Les corbeaux ne parlent pas, dit Nicolas.

— Vrôai ! dit Corbeau Cent Watts.

Marie-Pierre est en commotion. Le sang s'est retiré de sa peau. Ses yeux s'illuminent et ses mains s'agitent sans but. Elle rit en même temps qu'une larme coule sur sa joue. Sa bouche semble vouloir avaler de l'air. Elle finit par hoqueter et se mettre à rire par intermittence.

Devant cette démonstration, je remercie le ciel d'être un garçon !

— Môa sôeul, poursuit l'oiseau, avant de se mettre à chantonner ce que nous avons entendu sur le terrain.

Marie-Pierre émerge de son état de choufleur fané. Elle finit par articuler quelques mots.

— Je vais devenir célèbre à la foire des sciences.

— C'est impossible, dit Léa-Jeanne. Il n'y a que les perroquets qui peuvent parler et encore ne font-ils que répéter.

Je m'approche de la cage et j'examine l'oiseau avec attention.

— C'est donc bien toi qui fredonnais dans le champ ?

Voilà que je questionne un corbeau avec l'assurance d'un fabuliste.

L'oiseau ouvre grand les ailes et se tourne vers mon amie.

— Crôwack ! Sôeul. Oâseaux peurs môa.

— Il n'a pas l'air dans son assiette, dit Léa-Jeanne.

— Pôas comme ôtres. Aiôdez-môa.

Le corbeau a l'air bien triste de son état. Pourtant, il me semble que la parole est un avantage. Mais quand on est seul à parler une langue parmi nos sem-blables, n'est-ce pas l'équivalent d'être muet ? À ce que je vois, la différence ne semble pas plus acceptée chez les oiseaux que chez les humains.

— C'est un mutant, affirme Nicolas.

— Tu veux dire que c'est un extrater-restre ! s'exclame ma sœur, pleine d'es-poir.

— Non. Un mutant est un organisme qui a subi une modification dans ses gènes, sur ses chromosomes.

Nicolas a l'avantage de son embon-point. Il a beaucoup d'espace pour stoc-ker l'information. Il connaît plein de choses.

— Un organisme génétiquement mo-difié ! Un OGM, murmure Marie-Pierre. Comme le maïs !

Les raccourcis intellectuels sont la spécialité de ma sœur. Particulièrement lorsqu'un mystère se pointe à l'horizon.

Chapitre 7

Effraction

Cyrano a fini par se calmer. Assis près de la cage, sa tête oscille. Ses oreilles exécutent des signaux complexes. Son cerveau canin doit patiner du neurone autant que le nôtre.

Corbeau Cent Watts y est allé de quelques mots croassés avec peine. Marie-Pierre en a conclu que les deux scientifiques et leur culture de maïs ont quelque chose à voir avec ce phénomène.

— Ce corbeau est un signe de la nature, dit Marie-Pierre. Ce maïs expérimental est bouffé par de plus en plus d'oiseaux et même par de petits mammifères. Qui sait quels en seront les effets d'ici quelques années ?

— Ouais, renchérit Nicolas, imaginez que tous les animaux se mettent à parler !

— Ce serait chouette, dit Léa-Jeanne, je me demande ce que Cyrano aurait à dire ?

J'aime autant ne pas le savoir. Il est déjà assez compliqué d'être la nounou de ce chien.

— Il faut que nous parlions aux chercheurs, poursuit Marie-Pierre. Nous devons tirer ça au clair. On ne doit pas mélanger la nature de cette façon.

— Mais comment les joindre ? demande Nicolas. On ne sait pas quand ils vont revenir au champ.

— Môa crôwack, sôait aÔu, dit le corbeau en se dandinant sur place.

— Qu'est-ce qu'il raconte ? On dirait une langue africaine, s'étonne Léa-Jeanne.

— Mais non, il essaye de nous dire qu'il peut les retrouver. Il sait où ils habitent, dit Marie-Pierre qui s'est découvert un talent pour décoder le langage corbeau.

Je souhaite de tout cœur que la maison des deux scientifiques soit à Sydney, en Australie. Ça nous éviterait, j'en suis certain, beaucoup de problèmes.

— C'est loin ? s'informe Marie-Pierre en fixant Corbeau Cent Watts.

— Ben voyons, dis-je avec ironie, tu ne penses quand même pas que cet oiseau va te donner leur adresse.

Cyrano s'est lassé de ce babillage et entreprend de vider les gamelles. Nicolas m'appuie, au risque de perdre son poste d'adjoint de ma sœur.

— Benoît a raison. On a qu'à le libérer et on le suivra à bicyclette.

— Bonne idée ! lance Marie-Pierre. Allons-y !

Je n'essaye même pas de freiner le projet. Après tout, il peut être intéressant d'entendre ce que *Franck and Stein* ont à dire à propos de ce corbeau.

Nicolas s'occupe des vélos. Léa-Jeanne et moi héritons de ceux de ses parents et ma sœur utilisera une antiquité recouverte de poussière.

Aussitôt libéré, le corbeau s'élance dans le ciel, et nous, à ses trousses. Cyrano caracole entre les bicyclettes malgré mes remontrances. Le chemin est large et s'enfonce en droite ligne dans un boisé qui sent déjà l'automne. Nous sommes sur un tronçon de la piste cyclable qui sort du village en direction de Joliette.

Marie-Pierre a du mal à nous suivre. Son vélo est plus petit et la roue arrière, déséquilibrée par l'absence de plusieurs rayons, frotte sur le cadre en grinçant.

Après quelques minutes, nous débouchons dans un quartier résidentiel. Haut dans le ciel, l'oiseau tournoie à grands coups d'ailes. Marie-Pierre nous rejoint à grands coups de pédales. Corbeau Cent Watts repart aussitôt. Marie-Pierre peste contre sa bécane.

Nous prenons bientôt une rue bordée de maisons en construction. Tout au bout, un chemin de terre raboteux nous mène à un petit bâtiment au parement de briques grises. Une grande porte de garage sans fenêtre côtoie la porte d'entrée.

Le corbeau nous attend sur le sol.

— Il y a quelqu'un ? questionne Marie-Pierre au bout de son souffle.

Nicolas jette un coup d'œil par la vitre.

— On dirait bien que non. Je vois un bureau avec plein de papiers. C'est verrouillé.

— Qu'est-ce qu'on fait ? demande Léa-Jeanne qui peine à empêcher le chien de s'approcher du corbeau.

— On reviendra quand il y aura quelqu'un.

Ma suggestion est balayée par la réplique de ma sœur.

— Entrons quand même. J'ai apporté mon appareil photo.

— Tu n'es pas sérieuse ! Si on entre là-dedans, on va commettre une effraction.

Sans tenir compte de mon objection, elle pose un vieux bout de carton contre la vitre de la porte et frappe avec le dos de l'appareil photo. Aucune sirène d'alarme ne se fait entendre. Mais les aboiements du chien alerteraient les Martiens. Pendant que je calme notre compagnon à quatre pattes, Marie-Pierre glisse son bras à l'intérieur. La porte s'ouvre.

— On explorera le bureau tout à l'heure. Allons voir à l'arrière, ordonne ma sœur.

Nous entrons dans ce qui a l'air d'être un laboratoire très bien équipé. De nombreux appareils bourdonnent dans la pénombre. Ici et là de petits voyants lumineux clignotent. Des blocs d'ordinateurs sont reliés à des machines dont l'usage m'est tout à fait inconnu. Marie-Pierre avance sur la pointe des pieds. Elle ressemble à un bébé dans un magasin de sucettes.

— Vous avez vu ça, dit-elle. On dirait le centre de contrôle de la Plaza !

Nicolas sourcille.

— Tu veux sans doute dire de la NASA.

Peu importe, Marie-Pierre exagère. Malgré l'abondance du matériel électronique, on sent que l'installation est temporaire. Tout est monté sur des chariots.

— Peut-être qu'on ne devrait pas rester ici, murmure Léa-Jeanne en agrippant ma main fermement.

Cyrano semble du même avis. Il s'est assis au milieu d'un espace dégagé et nous observe avec attention. Corbeau Cent Watts reste invisible.

Marie-Pierre s'exclame :

— Venez voir !

Nous nous approchons avec précaution. Plusieurs échantillons de grains de maïs broyés attendent dans de petites écuelles de métal.

— C'est du maïs, dit-elle sur le ton du chercheur d'or qui vient de trouver une pépite.

Je soupire.

— Mais qu'est-ce que tu t'attendais à trouver ici ? Des pommes de terre ? Du riz ? De la pizza ? ! Ils nous ont dit eux-mêmes qu'ils font des expériences sur le maïs. Ils ne nous ont pas menti. Maintenant, je crois qu'on devrait partir.

Il semble que je sois le seul à faire preuve de bon sens. Nicolas et Léa-Jeanne fouillent dans tous les coins. Alors que ma sœur renifle en grimaçant le contenu d'une bouteille à l'étiquette incompréhensible, Léa-Jeanne pousse un petit cri de dégoût. Elle vient d'ouvrir la porte d'un réfrigérateur.

— Ouache ! Venez par ici.

Mon pouls s'accélère à la vue de cadavres d'oiseaux emballés chacun dans un sac de plastique. Il doit bien y avoir une douzaine de corbeaux empilés sur la tablette du bas. Au-dessus, une foule de contenants laisse entrevoir des morceaux de chair flottant dans un liquide jaunâtre. Nous échangeons des regards remplis d'inquiétude.

— Mais que font-ils de tous ces corbeaux ? demande Nicolas d'une voix hésitante.

Je hausse les épaules pendant que Marie-Pierre lève son appareil photo. Au même moment, la pièce s'éclaire brusquement. Nous poussons un cri de surprise. Manifestement, le local est protégé par un système d'alarme relié au domicile des chercheurs.

— Mais que faites-vous ici ? demande Peter, le jeune chercheur.

Nous restons immobiles, à part le chien Cyrano qui essaye de se transformer en loup-garou. Léa-Jeanne s'empresse de le calmer.

— Vous n'avez pas le droit d'être ici et encore moins celui de prendre des photos ! poursuit Peter en s'approchant de Marie-

Pierre. Sans hésiter, il s'empare de l'appareil numérique et en efface le contenu.

— Nous allons tout vous expliquer, dit Nicolas.

— Votre explication ferait bien d'être convaincante ! Vous êtes dans un laboratoire privé !

Mon ami est rouge de confusion. Il baragouine une explication en gesticulant.

— C'est *l'oirbeau* qui nous a amenés ici. À cause de la photo avec *l'éprouvantail*. Il y avait des *noix* dans le champ de maïs. Pour la *poire* des sciences…

— Je ne comprends rien à ce charabia, interrompt Peter avec irritation. Et faites taire ce chien. On ne s'entend plus !

J'aide Léa-Jeanne à calmer Cyrano avec une poignée de grains de maïs puisés dans un sac sur le sol.

— Laisse-moi faire Nicolas, dit Marie-Pierre, c'est moi le chef de notre équipe scientifique. C'est à moi de fournir une explication.

Ma sœur a l'exagération facile. On a plutôt l'air d'une équipe de cambrioleurs pas très habiles.

— C'est vous qui avez fracassé la vitre de la porte ? questionne le chercheur.

— Pas exactement. C'est mon appareil photo qui...

Je sens que la pression intérieure du jeune homme commence drôlement à bouillonner. Comment se fait-il que notre oiseau parleur ne se montre pas le bout du bec ?

CLING

CLING

Marie-Pierre tente de poursuivre son explication, mais le professeur Stein arrive en coup de vent.

— Peter! *What is this? Who are these children?* [1]

Et voilà ! Comme si l'anglais avait le pouvoir d'arranger les choses !

1 Qu'est-ce que c'est ? Qui sont ces enfants ?

Chapitre 8

La chevauchée

Il a fallu calmer à nouveau notre chien et subir les remontrances, cette fois en anglais. Je n'ai rien compris, mais à voir les mimiques du visage de Stein, je préfère ne pas en avoir la traduction.

— Vous vous rendez compte, les enfants, que nos expériences sont privées et que nous pourrions vous faire arrêter pour effraction, reprend Peter en s'interposant entre son collègue et nous.

Ma sœur ne se laisse nullement impressionner par ces menaces.

— Et peut-être devrions-nous rendre compte de l'effet de vos expériences sur la nature. Nous avons une preuve irréfutable que votre maïs OGM a de curieux effets sur les corbeaux, dit-elle en fixant la porte du frigo.

— Vous avez trop d'imagination, jeune fille. Nous avons dû en abattre quelques-uns parce que leur bande devenait trop entreprenante et menaçait de saccager notre culture de maïs. La chasse au corbeau n'est pas illégale !

— Je suppose que vous les gardez au réfrigérateur pour vous faire un barbecue ? Et les petits pots pleins de chair, ce sont vos conserves pour l'hiver ?

Voyant la ténacité de Marie-Pierre, le jeune chercheur échange quelques répliques en anglais avec son collègue. Un nuage noir s'installe définitivement dans les sourcils de ce dernier.

— Nos expériences sont absolument sans danger pour les autres espèces vivantes, reprend Peter. Plusieurs organismes génétiquement modifiés sont actuellement en vente dans votre super-marché. Vous en mangez sans même le savoir.

Je me sens soudain aussi vulnérable que notre corbeau. Il faudra que je demande à maman si elle est bien au courant de ce qu'elle nous sert aux repas.

— Mais quelle est donc votre preuve, jeune fille ?

Marie-Pierre hésite. Corbeau Cent Watts n'a pas l'air pressé de se montrer. Après un moment de silence, le chercheur continue :

— Dans ce cas, les enfants, je vais devoir appeler la police. Vous avez commis une violation en entrant ici sans permission.

Le visage rondouillard de Nicolas prend la couleur d'une cerise en fin de saison.

— La po… la po-po… la po-police ? dit-il.

— Je regrette, mais je n'ai pas le choix, dit Peter en s'emparant du combiné du téléphone sur une table à sa gauche.

Ses doigts courent sur les touches, pendant que son visage ne peut cacher sa contrariété.

— C'est vous qui avez coupé le fil du téléphone ?

— Môa, croasse enfin notre compagnon à plumes.

D'entre les tables, surgit Corbeau Cent Watts. De son bec pend un bout de fil téléphonique. Les deux scientifiques l'observent avec ahurissement.

— Voilà notre preuve, dit Marie-Pierre en appuyant son affirmation d'un geste théâtral.

L'oiseau gonfle ses ailes et, d'un coup de bec, lance le fil au pied de Peter. Je dois avouer que ce volatile a le sens du spectacle.

— Crowack ! Môavais. Môa sôaeul.

— *It's incredible* ! [1] s'exclame le professeur Stein. *He's speaking* ! [2]

— Je n'en crois pas mes yeux ni mes oreilles. Comment faites-vous, les enfants ? C'est un truc de ventriloque. Comment avez-vous apprivoisé cet oiseau ?

Corbeau Cent Watts se met à fredonner quelques notes avant de croasser à nouveau. Cette fois, il lève la tête vers le plafond.

— Crowack ! ! Môavais. Pôartir.

---

1 C'est incroyable !
2 Il parle !

— Qu'avez-vous mis dans ce maïs ? questionne ma sœur.

Le chercheur n'en revient toujours pas et semble réfléchir au phénomène qu'il a sous les yeux.

— *We must examine this bird* [1], dit le chercheur plus âgé.

Le regard des deux scientifiques est chargé d'inquiétude et de points d'interrogation. Lentement, Peter Franck se tourne vers Marie-Pierre.

— Vous avez bien fait de nous amener cet animal. Nous allons le regarder de plus près. On oublie la police et vous retournez chez vous.

— *Yes, go back home.*[2]

1 Nous devons examiner cet oiseau
2 Oui, retournez à la maison.

— « *No question!* » dit Marie-Pierre avec l'accent d'un crocodile édenté. Cet oiseau est avec « *us* ». Et « *me* » crois que vos tests « *interesting* » beaucoup les «*newspapers* » et la télévision.

— *What* ?? Qu'est que viou dire *with* TV ?

Les voilà repartis dans les deux langues. Je trouve que pour jeter de l'huile sur le feu, la barrière linguistique n'a pas son pareil.

— Il n'y aura pas de télévision ni de journaux ! tranche Peter. On a assez perdu de temps avec vous. On garde ce corbeau. Il fait partie de nos expériences. Vous, vous retournez à vos travaux scolaires. Et plus vite que ça !

Je comprends d'un coup que la culture de maïs ne sert que de nourriture et de couverture pour des expériences avec les oiseaux. Ce sont eux, les OGM. Je m'installe aux côtés de ma sœur.

— Pas avant que vous nous expliquiez ce que vous faites à ces corbeaux !

Acculé au mur, Peter Franck n'a plus le choix.

— Nous sélectionnons un super corbeau qui ne se nourrira qu'avec les insectes qu'on trouve dans les terrains en culture. Comme vous pouvez le constater, nous travaillons pour le bien-être de la nature. Si nous réussissons, nous n'aurons plus besoin d'insecticide pour protéger les cultures à grande échelle comme le maïs et le soya.

— Alors ce n'est pas du maïs OGM. Ce sont les corbeaux qui sont génétiquement modifiés ! s'exclame Nicolas qui n'en revient pas à son tour.

— Vous avez tout compris, reprend Peter Franck. Nous expérimentons depuis quelques années en utilisant une lignée de corbeaux dans lesquels nous avons introduit plusieurs gènes provenant d'animaux qui raffolent des insectes. Nous en libérons une quinzaine par champ expérimental. Par la suite, nous prélevons les épis de maïs pour évaluer la quantité de larves d'insectes qui s'y trouvent. Nous faisons de même avec les oiseaux pour examiner le contenu de leur estomac. Il nous en manquait un. Maintenant que vous nous l'avez ramené, il est temps pour vous de rentrer chez vous et de vous concentrer sur vos devoirs. Allez, fichez le camp !

Le ton est sans réplique et le regard menaçant. Il n'en faut pas plus pour que Cyrano se redresse. Sauf qu'il a un air bizarre ! Au lieu de gronder et d'aboyer, il se tient pattes écartées et oreilles rabattues. Je pense qu'il a abusé des grains de maïs. Un gigantesque Prrrroooouuuttt ! s'échappe d'en dessous de sa queue.

Tous les regards se tournent vers lui. Bientôt tous les nez regrettent d'être nés ! Plusieurs salves d'un gaz dont la puanteur est innommable assaillent nos narines. Branle-bas de combat ! Tout le monde veut de l'air !

Nous sortons en vitesse et enfourchons nos vélos. Pas question de moisir ici !

Bientôt, notre chien jaune apparaît, la croupe toujours relevée. Quand ce chien est malade, il vaut mieux ne pas être dans les environs. Il produit des gaz que bien des armées lui envieraient.

À sa suite, les deux hommes surgissent en se bouchant le nez. D'un coup d'œil, j'aperçois les ailes du corbeau qui s'étale pour un décollage.

Mon sang claque contre mes tempes. Il ne nous reste plus qu'à retourner chez Nicolas. Handicapés par la bicyclette de Marie-Pierre et le soir qui s'installe, ce ne sera pas du gâteau.

Je suis étonné de l'énergie développée par Nicolas. En moins de deux, il prend la tête de notre groupe. Son vélo s'enfonce dans le petit bois avec la légèreté d'un papillon. Pas très loin derrière, Léa-Jeanne pédale presque en position debout.

Moi, je n'ose pas dépasser ma sœur dont la bicyclette couine affreusement. Il n'est pas question que je l'abandonne. Pas plus que le chien Cyrano qui tire de la patte en pétaradant comme un vieux tacot.

— Dépêche-toi, Marie-Pierre ! J'ai peur qu'ils essayent de nous suivre.

— Je voudrais bien t'y voir, me répond-elle. J'ai l'impression de rouler sur un char d'assaut !

Après ce qui me semble une éternité, nous atteignons le sentier. Un vent d'automne balaye la cime des arbres et court dans le sous-bois. Avec la pénombre, l'endroit est devenu inquiétant. Tout au bout du chemin rectiligne, les lueurs rassurantes du village de Saint-Paul nous guident comme un phare. À mesure que nous progressons, la forêt semble se refermer sur nous.

Loin derrière, les aboiements du colley se font entendre. Je stoppe ma bicyclette. Ce chien a encore trouvé le moyen de nous embêter. Je l'appelle deux ou trois fois à tue-tête.

Au lieu de le voir surgir ventre à terre, j'aperçois le phare d'une moto qui débouche du virage en dérapant. Le phare balaye la route comme l'œil d'un cyclope à la recherche de sa proie.

Quelque chose me dit qu'un des deux chercheurs s'abrite sous le casque du motocycliste. Nous n'aurions pas dû nous mêler de cela. Je savais que les idées de ma sœur ne m'apporteraient que des ennuis.

— Vite, Marie-Pierre ! Il va nous rejoindre.

Le bruit du moteur enfle au moment même où un cri rauque se fait entendre au-dessus de nos têtes.

— CRRRÔAWKK ! ! ! !

Le bec grand ouvert, le corbeau exécute un piqué, ailes déployées. À une vitesse vertigineuse, il se dirige droit sur le conducteur de la moto. Ce dernier, surpris par l'obstacle volant, tente de l'éviter. Ralentissement. Hésitation. En quelques secondes, le véhicule fait une embardée et se couche dans les buissons.

Profitant de ce répit, nous fonçons pour rejoindre Nicolas et Léa-Jeanne. Ils sont au parc, près du terrain de balle. Nous reprenons notre souffle en attendant l'arrivée du chien et de l'oiseau.

Les minutes s'écoulent sans que ni l'un ni l'autre réapparaisse.

— Ce n'est pas normal, dis-je avec inquiétude, Cyrano devrait être là.

— On peut attendre encore un peu, réplique Nicolas, dont les joues sont marbrées de grandes taches rouges.

J'enfourche à nouveau ma bicyclette.

— Pas question ! Nous avons la responsabilité de ce chien. J'y retourne !

— Je reste, dit Marie-Pierre. Je n'en peux plus de pédaler sur ce vélo.

Pour une fois, son cerveau la conseille judicieusement. De toute façon, elle ne ferait que nous ralentir. Bien entendu, Nicolas s'offre de lui tenir compagnie pendant que Léa-Jeanne s'élance à mes côtés.

L'entrée du petit bois est comme une gueule sombre. La grosse roche qui la marque me fait penser à une sentinelle accroupie. Nous ralentissons pour mieux avancer côte à côte. Le feuillage murmure sur notre passage.

À mi-chemin de la grande courbe, Cyrano surgit brusquement devant nous. Léa-Jeanne pousse un cri de surprise et nous freinons en catastrophe. Les roues avant de nos bicyclettes font contact.

— Cyrano ! Mais qu'est-ce que tu fabriquais ? Allez, on rentre à la maison.

— Attends ! ordonne Léa-Jeanne. Regarde Benoît, il y a quelque chose accroché à son poil.

Je soulève le museau du colley et dans la fourrure blanche de son poitrail, je retire une plume noire. Elle est enduite d'une matière gluante.

— Oh ! On dirait du sang, Léa-Jeanne. Corbeau Cent Watts doit être blessé.

Nous décidons de poursuivre jusqu'à l'endroit où des traces indiquent le dérapage de la moto.

Rien. Il y a bien quelques buissons écrasés, mais aucune trace du corbeau.

Il ne sert à rien de chercher. Il fait trop sombre. Après avoir appelé le corbeau à quelques reprises, nous rebroussons chemin. Cyrano trottine derrière nous. J'ai coincé la plume sur mon guidon entre les câbles de freinage. J'ai envie de pousser un grand cri pour exprimer ma rage et ma peine. Je n'arrive qu'à me mouiller le fond des yeux en pensant que cet oiseau s'est sacrifié pour nous.

Chapitre 9

Surprise au champ

Par chance, le lendemain est un congé scolaire. Nos parents ont tous accepté que nous dormions chez Nicolas. La perte de Corbeau Cent Watts a troué notre nuit comme un gruyère.

Notre chien n'a pas bougé d'un poil lorsque nous avons claqué la porte de la maison. Ses excès alimentaires l'ont épuisé. Il est resté étendu sur le tapis, la tête coincée entre les pattes, les oreilles plus molles qu'une chaussette sans pied.

Au pas de course, nous nous dirigeons vers la vieille grange où est installé notre laboratoire de fortune.

— Oh ! ! s'exclame Nicolas, sitôt la porte franchie.

Une surprise nous attend. Notre matériel a complètement disparu. Cage, gamelles, épis de maïs et même les notes de Marie-Pierre se sont volatilisées.

— Ils n'ont pas le droit ! crie ma sœur. Mes notes sont confidentielles. C'est du vol.

— De toute façon, personne ne va rien comprendre à tes gribouillis, réplique Nicolas du tac au tac.

Je le regarde, surpris de voir qu'il m'arrache les mots de la bouche. Son attitude est étonnante, lui qui n'a habituellement que des salamalecs pour Marie-Pierre. Je mets sa nervosité sur le compte de la peur. J'avoue être moi aussi ébranlé par la disparition de nos appareils de fortune. Il ne fait aucun doute pour nous que les responsables sont le duo *Franck and Stein.*

— Mais pourquoi ont-ils fait ça ? demande Léa-Jeanne.

— Parce que nous avions une preuve que leurs expériences présentent des résultats inattendus, affirme Marie-Pierre.

Je sors la plume noire de la poche de mon pantalon.

— C'est tout ce qu'il nous en reste !

Tous me regardent comme si je tenais un trésor à la main.

— Il faut retrouver Corbeau Cent Watts, dit Léa-Jeanne. S'ils sont venus chercher jusqu'ici, c'est qu'il se cache toujours.

— S'il est encore vivant.

Ma remarque accentue le froid humide qui règne dans la grange.

— S'ils l'ont capturé, ils ne lui ont certainement pas fait de mal, dit Nicolas.

Réfléchissez. Ils voudront l'étudier, savoir pourquoi il peut parler. Cet oiseau est un phénomène.

Mon ami a raison. Il y a une chance que le corbeau soit encore vivant.

— Dans ce cas, allons le récupérer ! lance Marie-Pierre.

Nous commençons à connaître l'itinéraire par cœur. D'abord le chemin de terre, puis le premier champ de maïs interminable et le champ expérimental, qui a disparu lui aussi !

Cette fois, le choc nous laisse sans voix. La forêt d'épis de maïs a été rasée, et le champ ratissé et labouré. Il n'y a même plus trace de notre épouvantail. Notre regard porte jusqu'au petit bois à la limite du terrain. Plus rien ne vient entraver notre vue. Le maïs expérimental n'existe plus !

— Ça alors, dis-je en grattant mes propres épis sur mon crâne. On dirait que nos deux chercheurs n'ont pas chômé. Ils ont dû y passer la nuit.

— Il faudrait peut-être alerter nos parents ou la police, suggère timidement Léa-Jeanne.

Nicolas devient cramoisi. La moindre allusion aux policiers le rend nerveux. Je ne connais pourtant personne de plus honnête que mon ami.

— Et pour leur dire quoi ? Qu'une culture a été cambriolée ! Que ma sœur s'est fait chaparder un bloc-notes contenant ses élucubrations ! Que nous avons conversé avec un corbeau volubile ! Personne ne va nous prendre au sérieux.

— Alors, on n'a pas le choix. Il faut retourner à leur laboratoire, dit Marie-Pierre.

Malgré la chaleur croissante du soleil, nous ne sommes pas chauds à l'idée de poursuivre notre recherche. Mais nous n'avons pas le droit d'abandonner le volatile. Il est peut-être blessé ou prisonnier.

Après nous être consultés du regard, nous reprenons la route. Nous fouillons les abords du sentier où la moto s'est couchée dans les buissons. Inutilement. À part les branches cassées et les traces de pneus, il n'y a rien pour nous encourager.

Pas plus qu'au laboratoire où un carton indiquant À LOUER, sert à obstruer le carreau brisé la veille par Marie-Pierre. Le local est vide. La compagnie Monsalo semble avoir beaucoup de moyens. Ils ont plié bagage en un temps record. Je crois qu'on ne les reverra pas de sitôt dans les parages.

— On peut dire que Corbeau Cent Watts leur a flanqué la frousse, dit Léa-Jeanne.

Nicolas approuve.

— Ouais. Et peut-être que la prochaine fois, ils y penseront à deux fois avant de mélanger les gènes des êtres vivants.

— Papa dit souvent que la vie va trop vite de nos jours, ajoute Léa-Jeanne. Si tout le monde était moins pressé, on n'aurait pas besoin de blé d'Inde qui pousse plus rapidement. Les oiseaux se contenteraient de chanter, les enfants de jouer et les hommes de science de chercher à nous expliquer pourquoi la vie est si belle.

Voilà pourquoi je suis si épris de mon amie.

Marie-Pierre, qui me semble abasourdie par toutes ces disparitions, finit par se réveiller.

— Avec tout ça, il ne me reste rien à présenter à la foire des sciences.

Nicolas s'empresse de l'encourager.

— Ne t'en fais pas, à nous deux, on trouvera bien quelque chose.

Chapitre 10

La foire des sciences

Le gymnase a des allures de marché aux puces. Mais au lieu des babioles destinées à la vente, on y trouve un méli-mélo de montages expérimentaux. Par groupe de deux ou trois, les élèves y présentent leurs travaux.

Hugo le Cerveau impressionne avec sa démonstration de conversion de la force gravitationnelle en énergie motrice. Il l'a écrit en grosses lettres au-dessus de son stand. Une savante série d'engrenages, de leviers et de billes de plomb s'actionnent par suite de la chute d'un gros toutou en peluche. Le résultat propulse une voiturette à une vitesse impressionnante sur une piste de course en circuit fermé.

C'est marrant, mais je ne comprends rien de rien aux symboles mathématiques que ce petit génie a étalés sur un immense carton derrière lui.

Comment Marie-Pierre peut-elle réussir à attirer son attention avec son stand sur les OGM ?

Mais il ne faut pas la sous-estimer. À défaut de formules mathématiques, elle utilise un porte-voix confectionné à l'aide de feuilles de maïs. Et je reconnais que son illustration d'un morceau de chromosome est attirante. Une échelle de corde tendue et tordue représente la double hélice de Watson et Crick, les deux chercheurs qui ont découvert l'ADN. Dire que nous avons vingt-trois paires de cette petite molécule à l'intérieur de chacune des cellules de notre corps. Nicolas explique que c'est grâce à elles si nos cheveux sont noirs ou blonds, nos yeux bleus ou verts ou si notre nez est trop encombrant.

— Oyez ! Oyez ! Approchez et venez voir la nourriture Frankeinstein ! hurle Marie-Pierre dans son cône.

La formule suscite la curiosité.

Avec passion, Nicolas présente des produits trouvés au supermarché et susceptibles de contenir des produits génétiquement modifiés. J'apprends que l'étiquetage n'oblige pas encore à indiquer leur présence. Les élèves sont tout aussi curieux que leurs parents. Mon ami ferait un excellent propagandiste pour le groupe *Paix verte* et ma sœur, une animatrice hors pair.

La foire se poursuit tout l'après-midi, jusqu'à la remise des prix et des mentions.

Qui s'étonnera de la domination d'Hugo le Cerveau ?

Marie-Pierre espère une place de choix. Elle se renfrogne lorsque François

Gagnon reçoit le deuxième honneur pour sa présentation sur l'électricité statique.

Léa-Jeanne me glisse un sourire entendu. Je préfère rester en retrait.

Marie-Pierre se transforme en statue à l'annonce du troisième prix. Pierrot Legendre rafle cette position en démontrant le fonctionnement de la boussole. Nicolas se coiffe du porte-voix en guise de bonnet d'âne. Je me retire au fond de la salle, bien à l'abri d'une explosion de ma sœur.

Finalement, Marie-Pierre obtient la septième et dernière mention pour l'effort déployé pour la présentation. Hugo le Cerveau ne tourne même pas la tête dans sa direction.

Sur le chemin du retour, elle a le moral dans les talons.

— Allez, sœurette, ne fais pas cette tête, dis-je pour la consoler. Tu as quand même reçu une mention.

— Parlons plutôt d'une consolation. Moi qui croyais avoir le sujet idéal pour impressionner !

Marie-Pierre est déçue. Même la petite réception chez Nicolas ne peut lui enlever son impression d'avoir échoué. Pourtant nous sommes fiers d'elle. Grâce à sa ténacité, elle a forcé les scientifiques à remballer leur expérience et à user de plus de discernement à l'avenir.

Le ventre plein, nous retournons près de la grange. Les feuilles mortes sautillent sur le sol. Les meubles de jardin ainsi que le trampoline ont été rangés pour l'hiver.

— Crôwaak !

Nous sursautons. Un oiseau noir sort de derrière un buisson. Une de ses ailes fait un drôle d'angle avec son corps. Corbeau Cent Watts est de retour. Nous l'entourons avec empressement.

— C'est bien le temps d'apparaître, oiseau de malheur ! lui lance Marie-Pierre sans la moindre empathie.

— Crôwaaak, fait le corbeau en grattant son aile de son bec. Môal !

Il est évident qu'il a subi une blessure lorsqu'il a attaqué le motocycliste.

— On est content de voir que tu as réussi à leur échapper, dit Léa-Jeanne.

— Tu aurais pu te manifester avant la fin de la foire scientifique, lui reproche Marie-Pierre. C'est sûr qu'avec toi, j'aurais gagné le premier prix.

Ma sœur ne pense qu'à son projet qui a échoué. Elle devra trouver autre chose pour attirer l'attention d'Hugo le Cerveau.

— Laisse-le tranquille, Marie-Pierre, intervient Léa-Jeanne. Tu vois bien qu'il est amoché. Il a risqué sa vie pour nous.

Marie-Pierre se met à rougir. Le corbeau ouvre ses ailes avec lenteur.

— Pôartirrr. Lôôin.

— Je crois que tu as raison Corbeau Cent Watts, dis-je en repensant au champ de maïs. Tu fais bien de t'éloigner. Les deux chercheurs l'ont compris eux aussi. Ils n'avaient pas prévu que leur expérience pouvait causer de telles surprises. Parler peut sembler intéressant. Mais pour les corbeaux, c'est contre nature. Espérons qu'ils y penseront à deux fois à l'avenir. Quant à ma sœur, elle devrait se contenter des bonnes vieilles lettres d'amour ou d'ouvrir plus grand ses yeux.

Cette fois, c'est mon ami Nicolas qui rougit. Léa-Jeanne met fin à cette épidémie de rougissement. Elle touche du bout des doigts les plumes de l'animal et lui demande tendrement :

— Où vas-tu aller maintenant ?

L'oiseau noir nous fixe tour à tour. Au fond de son œil, je crois déceler un peu de reconnaissance.

Accroupis sur l'herbe jaunie, nous regardons le corbeau sautiller, puis s'envoler. La tache noire de son corps trace un grand cercle dans le ciel gris. Après un moment, Corbeau Cent Watts a l'air du petit V que l'on ajoute sur les dessins pour représenter les oiseaux.

Marie-Pierre se relève la première.

— Tu viens, Nicolas ? Je... je voudrais te parler d'une idée pour une autre expérience.

Nicolas s'empresse d'accompagner ma sœur vers la maison. En souriant, je jette un dernier coup d'œil vers le ciel. Le corbeau parlant n'est plus visible. J'espère qu'il retrouvera la tranquillité et qu'il se contentera de croasser.